Collection Fantaisies Érotiques

Vol. 1

Erika Sanders

Collection Fantaisies Érotiques

Erika Sanders

Série

Collection Fantaisies Érotiques Vol. 1

Collection fantasmes érotiques , une série de romans à fort contenu tabou romantique et érotique.

(Tous les personnages ont 18 ans ou plus)

COLLECTION FANTAISIES ÉROTIQUES
ERIKA SANDERS

FANTAISIE DANS LE PARC

C'était samedi et d'habitude il n'y a pas d'action dans ma Colonia, alors j'ai décidé d'aller me promener dans le parc de la Colonia voisine, pour voir ce qu'on y pêchait, car ce parc avait la réputation qu'on pouvait s'y brancher très facilement. .

Je me suis habillé de manière très sexy et séduisante et je me suis préparé à me diriger vers le parc, c'était un peu loin à pied alors j'ai demandé un Uber.

Le conducteur me connaissait déjà car je lui avais déjà demandé des services, alors je me suis assis en toute confiance sur le siège du passager avant.

Je lui ai demandé de m'emmener au parc et nous avons commencé à parler. La vérité est que j'avais l'air super sexy, presque irrésistible, hein , alors le garçon a commencé à parler d'une manière déplacée, il y a eu un moment où il s'est excité et a mis sa main sur ma jambe, alors que je portais une jupe, parce que mes collants étaient visibles. .

Alors on parlait, il avait déjà envie de poser sa main sur moi et pour le taquiner j'ai un peu écarté mes jambes, il a commencé à me caresser le sexe par dessus ma culotte... Mais ça c'est une autre histoire, ça s'arrête là car on était déjà arrivé à le parc alors je suis descendu, j'allais le payer, mais il a refusé, il m'a prévenu la prochaine fois. Si vous voulez savoir ce qui se passe ensuite, ne manquez pas cette série de fantasmes érotiques.

J'ai acheté une délicieuse glace et j'ai commencé à me promener dans le parc pour me laisser voir et voir si je pouvais obtenir quelque chose.

J'ai marché ainsi pendant un moment jusqu'à ce qu'un homme mûr s'approche de moi et commence à me parler. Vous savez déjà que mon délire est celui des adultes, alors j'ai accepté volontiers.

Nous parlions très amusant, tout à coup il m'a demandé mon âge, et je lui ai dit que j'avais 19 ans. J'ai vraiment l'air plus vieux, parce que je suis très développé, depuis que j'ai 13 ans , j'ai déjà éveillé de basses passions, mais je vais parlez-lui de ça plus tard.

Avec une voix timide et un regard coquette , je lui ai demandé, combien en as-tu ? 23 ont répondu.

J'ai été surpris car son apparence montre clairement qu'il s'agit d'un homme plus âgé, d'au moins 60 ans, lui ai-je dit comment ? Vous avez l'air un peu plus vieux.

Il m'a dit en souriant sournoisement 23 cm... lui, il ...

Je suis devenu tout rouge, nerveux et j'ai avalé de la salive dès que j'ai réussi à dire ah !

Le type drôle n'arrêtait pas de me provoquer et en me regardant directement dans les yeux, il s'est demandé sans vergogne, combien d'entre vous aimez-vous ?

Je suis redevenu rouge et encore plus nerveux, mais j'ai essayé de le cacher et je lui ai dit : "En fait, j'aime les personnes plus âgées", ai-je dit, un peu coquette.

Il a souri amusé et m'a dit, qu'en penses-tu si on va au cinéma, ils passent un très bon film, souriant malicieusement, j'ai accepté volontiers et nous nous sommes dirigés vers le cinéma qui était à proximité.

Le cinéma ne montre que des films pornographiques, je le savais déjà car j'étais parti une fois en escapade avec des amis de Cole, mais je vous en parlerai plus tard, dans une autre publication.

On sait déjà que dans ces cinémas, l'endroit est presque complètement sombre, on remarque à peine les panneaux lumineux des toilettes, donc cela se prête à toutes sortes de manœuvres si vous le souhaitez.

Et bien sûr, j'étais partant.

Il n'a pas fallu longtemps à l'homme pour mettre un bras derrière moi, je me suis approché de lui et, m'embrassant délicatement sur la joue, il a commencé à me caresser les seins. Cela m'a rendu très nerveux et j'ai regardé partout pour vérifier si personne ne nous voyait, en réalité, personne ne pouvait nous voir dans cette obscurité, alors j'ai essayé de me détendre et de me laisser faire.

L'homme a réussi à retirer mes seins de mes vêtements et a commencé à les sucer. Immédiatement, mes tétons se sont relevés et sont devenus très durs, ce qu'il a immédiatement remarqué et il m'a peloté de plus en plus et m'a sucé de telle manière que j'étais déjà super excité.

Soudain, il a posé sa main sur ma jambe et comme je vous l'ai déjà dit, à cause de la petite jupe que je portais, mes jambes et ma culotte étaient visibles. Immédiatement et automatiquement, j'ai écarté les jambes et je me suis ajusté pour qu'il puisse s'amuser.

Il a commencé à me peloter, et dès que j'ai senti ses doigts frotter mon sexe, je n'ai pas pu résister, j'ai écarté davantage les jambes et j'ai attrapé sa bite par-dessus son pantalon et j'ai commencé à très bien la caresser.

Il a mis sa main dans mon sexe et a remarqué que j'étais déjà toute mouillée, il s'est excité et a mis ses doigts en moi autant qu'il pouvait, j'ai dû me mettre sur mes jambes pour faciliter sa manœuvre, quand je l'ai senti toucher mon clitoris , c'est devenu dur et bien debout en attendant d'en recevoir plus, j'étais super excité, je me suis penché vers lui et j'ai commencé à lui sucer la bite, il était aussi déjà très excité, je sentais comme elle grandissait à chaque succion, j'ai réalisé que les 23 cm qu'Il m'avait dit, ce n'étaient pas des mensonges.

Les choses empiraient déjà, quand soudain elle m'a pris la main et l'a retirée de sa bite, elle a retiré sa main de mon sexe et d'une voix douce, mais elle avait l'air super excitée, allons-y me l'a-t-elle dit.

J'ai tout de suite su ce qui allait se passer et sans attendre qu'il me le répète, je n'ai pas pris la peine de me lever et nous sommes partis de là.

Nous avons traversé la rue et sommes immédiatement allés dans un petit motel situé près du cinéma.

Sans dire un mot nous nous sommes déshabillés et sans perdre de temps je me suis jeté sur lui et je me suis préparé à continuer la succion de bite que je lui faisais au cinéma, il m'a remercié en écartant les jambes et en mettant son visage entre mon sexe, ce que j'ai alors était super mouillé, mon clitoris était mouillé et se levait avec envie d'être goûté par une langue.

Nous avons fait 69 pendant plusieurs minutes jusqu'à ce que ma pute, je me mette sur sa bite et d'un seul coup j'ai mis les 23 cm de bite qu'il m'avait promis, j'ai failli jouir de l'excitation et de la luxure qui me remplissaient.

donc passé un bon moment à baiser dans diverses positions, quand j'ai réalisé qu'il allait jouir, je me suis immédiatement mis à quatre pattes, lui tournant le dos et en vraie pute que je suis, je lui ai offert mon cul sans vergogne.

Il n'a pas hésité une seconde, il m'a rempli de salive et rien qu'en sentant son énorme tête entrer en moi, j'ai poussé un gémissement de douleur, de luxure, d'excitation et j'ai commencé à bouger comme un fou, le provoquant et implorant plus de bite.

Il n'a plus eu pitié de moi et il a enfoncé le reste de sa bite qui restait dehors dans mon cul. Cela m'a fait crier de douleur, mais au lieu de m'enfuir, je me suis serré les fesses et j'ai commencé à bouger sauvagement. Nous sommes restés comme ça pendant un moment jusqu'à ce que ça me fasse jouir énormément, quand il s'est rendu compte que, il n'en pouvait plus et est entré en moi en me remplissant tout de son lait bouillant.

C'était la première fois que j'avalais une bite de 9 pouces , et je vous promets que ce n'était pas la dernière fois ni la dernière grosse bite que je baisais.

FEMME MARIÉE ET INSATISFAITE

Je suis une femme au foyer modèle,
jeune, belle, sexy, avec un beau corps,
mariée et infidèle, ce genre de fille dont
rêvent tous les gens mariés.

Mais il s'avère que mon mari est
également très jeune, mais il l'est, sans
aucune expérience. Et je ne suis pas
intéressé à lui apprendre quoi que ce
soit. Donc nous sommes mariés, mais
rien à propos du sexe et la vérité est que,
grâce à mon père, je suis complètement
sûr que je suis né pour ça, faire l'amour,
baiser comme un fou, et la vérité est que
je m'en fiche vraiment qui, le but est de
baiser et de donner du plaisir au corps,
ufff.

Le moment est venu où mes amis à
l'école ont commencé à m'appeler
Random Girl à cause de la quantité de

choses qui m'étaient arrivées, la plupart concernant le sexe.

Une fois que je suis allée au cinéma avec mon mari, elle était à moitié pleine et un peu sombre, donc nous ne voyions pas bien s'il y avait des places pour nous, alors nous sommes restés appuyés sur le petit bar qui fait face à l'allée au fond de les sièges.

Nous étions ainsi, quand soudain, un gars a commencé à me frotter par derrière, avec une certaine dissimulation, pour que mon mari ne s'en aperçoive pas. Je ne voulais rien dire non plus pour qu'il ne le sache pas.

Alors longtemps après qu'il ait frotté sa queue entre mes jambes, comme je ne disais rien, il s'est excité et s'est mis à me caresser subrepticement les fesses, par-dessus ma robe.

Ceux qui me suivent depuis longtemps savent que je sors toujours habillée de manière super sexy, peu importe ce qu'on me propose, bien sûr. Soit avec une jupe courte et une blouse à décolleté. Ou comme cette fois, une robe courte moulante avec un décolleté. Le tissu de ma robe me permet de vous toucher et d'avoir l'impression que vous touchez presque mon corps, ce tissu est si riche, c'est pourquoi j'aime porter des robes comme celle-là.

Eh bien, imaginez ce que le garçon ressentait lorsqu'il me pelotait, il pouvait presque sentir mon corps dans toute sa splendeur.

A ce moment-là, mon mari m'a dit qu'il y avait une place inoccupée, que je devais aller m'asseoir, je lui ai dit, ne t'inquiète pas, je vais bien ici, tu ferais mieux d'y aller, et c'est ce qu'il a fait.

Le garçon a compris que j'allais le laisser
continuer à me toucher et ses caresses
ont commencé à devenir de plus en plus
audacieuses, et en bonne pute que je
suis, il m'a laissé faire.

J'ai soulevé ma robe jusqu'à ce que mes
fesses nues et ma culotte soient visibles.
Il commença à les caresser, très excité.
Quand il était trop excité, il a sorti sa bite
et, nu, s'est appuyé contre moi, m'a pris
par la taille et a commencé à la frotter au
milieu de mes fesses.

Comme c'était délicieux cette bite
chaude et palpitante entre mes fesses, et
il s'est également appuyé contre moi et
m'a très bien frotté. Peu de temps après,
il a séparé ma culotte et a commencé à
frotter sa bite directement sur mon sexe,
date à laquelle j'étais déjà très mouillée.

Je me suis retourné vers lui et je me suis penché dos à la bardita , j'ai mis ma culotte de côté, j'ai pris sa bite et j'ai moi-même commencé à frotter mon sexe avec sa bite.

Ça n'a pas pris longtemps, quand le garçon a sorti mes seins de ma robe et a commencé à les sucer, mes tétons sont devenus super durs et bien positionnés, c'est le signe que je suis déjà très excitée, à ce moment-là tout, absolument tout. ça valait le coup pour moi, maman.

J'ai pris sa queue et je l'ai placée dans mon sexe, j'ai attrapé sa taille et je l'ai tiré vers moi, signe clair qu'il devait la mettre en moi. Il n'a pas attendu longtemps, m'a tiré par la taille et s'est penché un peu, il a mis toute sa bite dans mon sexe, qui était déjà complètement mouillé, donc ce n'était pas difficile pour lui de la mettre dedans.

C'était délicieux, le sexe interdit est le meilleur et ne peut être comparé à rien, imaginez, baiser au cinéma, plein de monde, avec mon mari à proximité, et le garçon avec une bite chaude, énorme, épaisse et à grosse tête, juste le comme je les aime, comme mon père s'y habitue.

Nous n'avons été comme ça que quelques minutes, le garçon m'a fait finir avec des giclées, j'ai fait un énorme effort pour ne pas crier, même si des gémissements de plaisir, de luxure, de fièvre sont sortis, je me suis accroché au garçon en me serrant fort contre sa queue et c'était suffisant. de sorte qu'il libérait d'énormes jets de lait. Je ne pouvais plus rester debout, mes jambes se déformaient et je me suis agenouillée devant lui, j'ai profité de ce moment pour le sucer bien et le nettoyer correctement, comme il se doit...

Au moment où le garçon est parti, mon mari est revenu parce qu'il était sur le

point de terminer le film et nous nous
sommes embrassés pour prendre le bus
jusqu'à chez nous.

LE PÈRE DE MON PETIT AMI

Ce jour-là, je me sentais un peu excitée, ce qui est très étrange car j'ai toujours beaucoup de ha ha , alors j'ai décidé de rendre visite à mon copain et de lui faire une petite surprise. Rentrer à la maison. J'ai frappé et son père me l'a ouvert. Bonjour, mon amour, m'a-t-il dit, entre, mon fils n'est pas là, mais il reviendra bientôt. J'ai réussi en toute confiance car il me connaissait déjà depuis le lycée, à part ça j'avais beaucoup de confiance en lui et je savais qu'il m'appréciait beaucoup.

Je suis allé au salon et j'ai été surpris de voir qu'il buvait avec un de ses amis, je ne sais pas pourquoi j'avais supposé qu'il était seul. Le fait est que je leur ai dit bonjour et ils m'ont assis au milieu des deux, comme toujours, ma jupe remontait et montrait mes belles cuisses, et comme toujours, je n'ai rien fait pour baisser ma jupe, entre autres, j'adore ça les hommes me voient et s'ils sont matures, c'est mieux. Et à ce moment-là, j'étais assise entre deux hommes mûrs, ma jupe remontant jusqu'aux cuisses.

Apparemment, ils n'y ont pas accordé d'importance et m'ont dit qu'ils regardaient un film porno, que si je voulais le voir, ils le changeraient. Cela ne m'a pas vraiment dérangé alors je lui ai dit que tout allait bien, que ce n'était pas un problème pour moi.

Ils m'ont proposé à boire et j'ai accepté, j'avais l'impression que la boisson qu'ils me donnaient était un peu forte, mais à 18 ans je n'allais pas faire la bêtise, alors je n'ai rien dit et je l'ai bu. La vérité est que je ne bois pas beaucoup d'alcool et cette boisson me donne presque immédiatement le vertige. Le pire, c'est qu'ils m'en ont proposé un autre et encore une fois je l'ai accepté et encore une fois j'ai eu le vertige.

Je n'ai rien dit, je suis resté à regarder l'écran, le film était déjà devenu très chaud, il y avait deux hommes plus âgés qui profitaient d'une jeune fille. À ce moment-là, j'ai réalisé que j'étais seule avec deux hommes plus âgés !!! et la boisson, la vérité c'est que j'étais déjà excitée, je me sentais un peu gênée de me sentir ainsi à côté de ces hommes et l'un d'eux était le père de mon copain. Je me sentais un peu nerveux. Je me suis senti encore plus mal lorsque le père de mon copain a mis un bras derrière mes épaules, s'est approché un peu plus et m'a dit que j'étais déjà devenue très belle. Aussi gêné que je l'étais par l'alcool et à quel point je me sentais excitée, j'ai seulement réussi à appuyer ma tête sur le dossier du canapé et en le regardant dans les yeux, j'ai dit merci. Il a pris mon visage d'une main, j'étais super nerveuse, car à part tout, cet homme m'avait toujours semblé très attirant malgré son âge. Les deux hommes avaient probablement environ

60 ans, voire plus. Je ne savais pas quoi faire et la seule chose à laquelle je pouvais penser était de fermer les yeux alors que je sentais son énorme main sur mon visage, c'était chaud, très délicieux.

L'homme a osé et a déposé un énorme baiser sur ma bouche, ce qui m'a pris par surprise, je suis devenu super nerveux, je ne savais pas quoi faire, j'étais très silencieux quand, à ma grande surprise, j'ai ouvert la bouche pour qu'il puisse m'embrasser. à volonté. , et pas seulement ça, mais je lui ai donné ma langue, tu sais ce que ça veut dire, ça veut dire que tu es excitée et que tu te livres à lui pour tout ce qu'il veut.

Eh bien, ce qu'il voulait, c'était passer sous mon chemisier et caresser mes seins. Tu sais déjà ce que je ressens quand quelqu'un touche mes seins. Immédiatement, mes mamelons se sont arrêtés et sont devenus très durs. Il réalisa et savait que c'était le signal de la prochaine étape. L'étape suivante a été qu'il a commencé à me sucer les tétons. Au lieu de m'éloigner de là, voyant à quel point cela devenait déjà dangereux et que mon copain ne venait pas, j'ai seulement réussi à écarter mes jambes et à poser une main sur son énorme renflement déjà visible sous son pantalon.

Il a accepté mon accouchement et a commencé à mettre sa main entre mes jambes, j'ai seulement réussi à les séparer davantage. Voyant cela, l'ami s'est redressé et a commencé à me sucer les tétons aussi. Cela m'a vraiment excité, avoir deux hommes plus âgés qui me mettent la main et me sucent les tétons, un de chaque côté, ce n'est pas quelque chose qui me tient en place, ça me rend particulièrement fou. Alors, sans y penser, j'ai posé mon autre main sur le pénis de l'autre homme et j'ai commencé à les caresser tous les deux. Ils ont immédiatement baissé leur pantalon et ont sorti leur bite pour que je puisse les caresser à mon goût, ce que j'ai fait sans aucun problème.

Ces salauds avaient des bites énormes, grosses, épaisses et à grosse tête, comme je les aime et je m'apprêtais à en profiter, les touchant chacune avec chaque main, pendant qu'ils continuaient à se faire plaisir en me suçant les tétons. Si vous pouvez imaginer cette scène, vous comprendrez que j'étais déjà plus qu'excitée. Le père de mon copain s'est assis sur le bras du canapé et m'a offert son énorme bite, ce que j'ai immédiatement accepté sans réfléchir, je me suis mis à quatre pattes sur le canapé et je me suis appuyé sur cette belle bite et j'ai commencé à la sucer, c'était délicieux, énorme , chaud et ça m'excitait à quel point ça palpitait dans ma bouche. L'autre homme en a profité et s'est mis sous moi, a enlevé ma culotte et a commencé à lécher mon sexe, qui est alors déjà très mouillé.

L'homme prenait plaisir à sucer mon clitoris et à boire mon jus. J'étais déjà plus que préparé à ce qui allait arriver.

Ils se sont levés de la position dans laquelle ils se trouvaient sur le canapé et le père de mon petit ami s'est allongé sur le dos, signe clair que je devais le monter, ce que j'ai fait. Je me suis installé sur son ventre et, prenant sa bite, je l'ai placé sur mon sexe et d'un seul coup je l'ai mis jusqu'à mes couilles, je suis devenu frénétique et j'ai commencé à bouger comme un fou, comme j'ai adoré cette bite, elle était énorme, chaude, J'ai tout rempli. L'autre homme s'est approché de moi par derrière et m'a soulevé les fesses, il m'a rempli de salive par derrière et sans dire d'eau, il m'a mis son énorme bite dans le cul, j'ai gémi de douleur, il l'a sorti un peu, il l'a ajusté à moi mieux et j'ai commencé à bouger mes fesses, c'était le signal pour lui de tout mettre en moi par derrière d'un seul coup. J'ai gémi, soupiré et bougé comme un fou. Pouvez-vous imaginer ce que ça fait d'être enfermé devant et derrière par deux belles bites de deux étalons matures ? C'est le rêve de toute écolière sexy. Et à ce moment-là, j'étais déjà en train de le réaliser. Vous comprendrez ainsi toute la convoitise qui était présente à ce moment-là. J'étais sans retenue, je bougeais comme la vraie salope que je suis, et je n'ai pas honte de l'admettre. De toutes les amies de mon école, je suis la plus salope et j'adore ça. Et tout le monde le sait.

Il y a eu un moment où les deux hommes ont échangé leurs positions, et ils m'ont de nouveau percuté, me faisant me sentir comme la femme la plus heureuse du monde à ce moment-là. Non seulement il faut savoir être une pute et se donner à n'importe qui, il est aussi important de savoir profiter d'une bonne baise, et à ce moment-là je profitais de deux excellentes baises en même temps.

Je n'en pouvais plus et je jouis énormément en éclaboussant partout. Voyant cela, les deux hommes ont attaqué plus fort jusqu'à finir en moi, l'un par devant et l'autre par derrière, me remplissant de lait bouillant des deux côtés. Faire jouir son homme est une source de satisfaction pour soi, mais faire jouir deux hommes en soi en même temps n'a pas de prix.

Eh bien, mon petit ami n'est jamais arrivé et j'en étais reconnaissant, j'aurais détesté s'ils nous avaient interrompus dans cette formidable double baise.

Bien sûr, ces visites chez mon petit ami lorsqu'il était absent se répétaient à plusieurs reprises.

FANTAISIE AVEC DES ÉTRANGERS

Un jour, mon copain m'a invité chez lui pour une rencontre avec des amis, ce qui était très courant et que nous faisions régulièrement, ce que j'ai volontiers accepté.

Habituellement, lors de ces réunions, à un moment donné, mon petit ami et moi nous faufilons pour baiser rapidement, puis revenons à la réunion. Tout le monde le savait et presque tout le monde faisait de même.

À cette occasion, ce qui m'a surpris, c'est qu'il n'y avait que des garçons, pas de femmes et qu'ils m'étaient tous complètement inconnus. Malgré cela, je n'ai rien dit et nous avons commencé à boire et à parler agréablement.

À un moment donné, ils ont mis de la musique douce, très jolie, un peu bandante, comme celle qu'on écoute quand on commence à baiser.

Le fait est que personne ne dansait parce qu'ils étaient des hommes purs. Du coup, mon copain m'a demandé de danser un peu pour eux, pour animer la rencontre, pour laquelle tout le monde a applaudi, célébrant l'idée, et je m'apprêtais juste à leur faire un spectacle.

Elle portait une robe courte et moulante, une de celles que j'aime, et celle-là en particulier me faisait un look super sexy, super belle, super excitée et super salope. C'est l'idée de porter une de ces robes aux réunions.

Ils ont un peu tamisé les lumières et j'ai commencé à bouger de manière vraiment sensuelle, depuis que j'étais une fille, je m'étais très bien développée, mais maintenant, à 18 ans, j'avais un corps spectaculaire, et un visage angélique et innocent, avec un sourire et un regard. ça a fait fondre tout le monde. n'importe lequel.

Alors j'ai bougé seul un moment, tout à coup un garçon est arrivé et m'a attrapé la taille par derrière, il a commencé à bouger à mon rythme, les autres ont célébré avec des applaudissements et des sifflets. J'ai senti comment il revenait par derrière, m'attirant vers celui retenu par la taille. Immédiatement, je l'ai senti s'arrêter et il me l'a donné entre mes fesses. Je me suis levé avec mes fesses et j'ai bougé de manière plus sexy, en me frottant discrètement bien sûr contre sa queue. Cependant, tout le monde a remarqué mon mouvement.

Cela a donné du courage à un autre garçon et il nous a rejoint dans cette danse érotique. Il s'est tenu devant moi et, me prenant par la taille, je me suis

approché de lui et il a également
commencé à me frotter la bite par
devant. Cela a rendu fous les autres
enfants, qui ne pouvaient s'empêcher de
célébrer et d'applaudir.

Je commençais déjà à m'exciter, avec
cette musique, ces mecs me frottant avec
leurs bites, je ne réalisais pas ni ne
savais comment, mais du coup je
touchais déjà chacune de leurs bites, une
main devant et l'autre derrière.

Ils ont commencé à me peloter de
manière plus flagrante, à la grande joie
des autres garçons. L'un d'eux a soulevé
ma robe, exposant mes fesses, et a
commencé à les caresser
vigoureusement. L'autre qui était devant
a pris mes seins au bar et a commencé à
les caresser et à les sucer.
Immédiatement, mes tétons se sont
relevés et sont devenus très durs,
comme ils le font toujours quand

quelqu'un me touche, signe que j'aime ça et que je suis déjà excitée.

Presque sans réfléchir, j'ai mis ma main dans leurs deux pantalons, et presque immédiatement, ils ont enlevé leur pantalon, révélant leurs bites, alors j'ai commencé à les caresser tous les deux très excités.

Un autre garçon s'est approché et a commencé à mettre sa main entre mes jambes, touchant mon sexe. Il s'est immédiatement rendu compte que j'étais déjà très mouillé, à cause de mon excitation. Il a aussi rapidement enlevé son pantalon, s'est allongé face contre terre sur le tapis et m'a assis sur lui, insérant toute sa bite profondément en moi, à la joie des autres qui ne pouvaient s'empêcher de faire la fête. Les deux autres garçons avec qui j'étais depuis le début ont commencé à mettre sa bite dans ma bouche, à tour de rôle, je les ai attrapés et sucés, pendant que l'autre garçon me baisait à son goût.

Quand je suis venu lui dire, tous les garçons étaient déjà complètement nus et attrapaient leurs bites à tour de rôle et les suçaient, alors ils se faisaient tous sucer la bite à tour de rôle.

Ensuite, ils m'ont fait asseoir à tour de rôle sur eux et ont mis leur bite en moi, c'est comme ça qu'ils sont tous allés. Je n'ai jamais su avec certitude si c'était 6, 8 ou 10 mecs qui m'avaient donné une bite ce jour-là. L'important est que je passe un moment merveilleux et bien sûr eux aussi.

Je me suis laissé baiser par tout le monde dans toutes les positions auxquelles ils pouvaient penser, me baisant à tour de rôle. Il y avait des moments incroyables où ils me pénétraient deux à deux, l'un par devant et l'autre par derrière puis ils se relayaient pour que ce soit le tour de chacun.

Nous sommes restés comme ça pendant un bon moment, à prendre et à prendre, je ne me souviens pas combien de fois je suis venu, mais je me souviens que j'ai apprécié ça comme jamais auparavant.

Finalement, ils m'ont mis à genoux au centre et presque en même temps, ils sont tous entrés dans ma bouche, sur mon visage, sur mes seins, dans mes cheveux, partout où ils se touchaient. C'était une expérience merveilleuse, la première fois que je participais à une orgie, et la vérité est que... j'ai adoré.

Bien sûr, ces réunions se répétaient plusieurs fois, parfois on faisait venir une fille ou une autre pour animer davantage la réunion, mais généralement c'était uniquement des hommes.

INFIDÉLITÉ AVEC MATURE

Depuis que je suis jeune, j'ai toujours rêvé qu'un jour, une fois mariée, je tromperais mon mari avec un inconnu.

Cette idée me hante depuis que je suis célibataire.

Maintenant que je suis marié, de façon inattendue, ces idées ont commencé à envahir mes pensées de plus en plus fréquemment.

Je fantasmais en m'imaginant baiser un inconnu et parfois je me masturbais même en imaginant à quoi ressemblerait cette aventure.

J'ai réalisé que j'étais déjà devenue une fille très excitée, peut-être que je l'ai toujours été, mais maintenant je semble l'avoir plus en tête et l'idée de baiser avec quelqu'un d'autre que mon mari me rend extrêmement excitée, au point de me mouiller. je pense juste à ces situations.

J'en ai toujours fantasmé, mais maintenant que cela commençait à devenir plus réel, cela me rendait un peu nerveux et m'excitait plus que nécessaire.

Alors un jour, pour plaisanter, j'ai décidé de me mettre à placer des annonces sur des pages réservées aux adultes, celles où les filles s'offrent aux hommes. Sur le moment, tout cela me paraissait amusant, excitant et je me masturbais avec l'idée qu'un jour je baiserais un inconnu.

Le problème a commencé lorsque quelqu'un a répondu à l'une de mes annonces. Je ne m'attendais pas à ça, je sais que je fantasmais sur cette idée tous les jours, mais maintenant, tout à coup, un inconnu m'écrivait qu'il voulait baiser avec moi, qu'il avait adoré mes photos et que si je le voulais , nous pourrait se réunir dans les plus brefs délais.

La vérité est que ça m'a fait peur, s'imaginer au lit avec un autre homme n'est pas la même chose que lui sauter dessus en réalité, cela m'a rendu extrêmement nerveux.

Donc je n'ai rien répondu. Je suis resté calme et j'ai presque oublié cela, quand tout à coup j'ai commencé à recevoir davantage de notifications de réponse à plusieurs de mes annonces.

C'était vraiment surprenant.

Plusieurs inconnus voulaient me baiser.

Avant, ce n'étaient que mes fantasmes, mais maintenant, l'opportunité s'offrait à moi de le réaliser, non pas avec un seul, mais avec qui je voulais, cela me rendait très agité mais aussi très excité. J'avais l'opportunité de baiser qui je voulais et tout ce que j'avais à faire était d'accepter n'importe lequel d'entre eux.

donc commencé à vérifier les profils de certains d'entre eux.

L'un d'entre eux a fortement attiré mon attention.

C'était un homme plus âgé, d'environ 65 ans.

Vous savez à quel point les hommes mûrs sont mon délire .

donc lu son profil un peu plus attentivement.

Si j'ai eu un doute sur la décision de sortir ou non avec lui, quand j'ai lu qu'il pesait 23 cm, eh bien, je n'ai plus hésité un seul instant.

J'ai immédiatement répondu que j'étais intéressé.

Il a semblé surpris car il a avoué plus tard qu'il n'aurait jamais imaginé que je lui répondrais.

donc retrouvés dans un quartier loin du mien, je suis monté en taxi et suis arrivé au lieu de rendez-vous.

Il était déjà là, attendant anxieusement. Alors, sans plus perdre de temps, je suis monté dans sa voiture et nous nous sommes dirigés vers un motel voisin, chose très discrète.

Comme mon histoire est un peu longue, je vais juste vous dire que putain on avait dépassé toutes mes attentes.

J'étais arrivé très nerveux étant donné la situation, rencontrer un inconnu juste pour qu'il puisse te mettre sa bite, ce n'était rien, bien sûr à part être nerveux, j'étais super excité et super excité.

Finalement, tout s'est passé à merveille, nous avons convenu de nous revoir à d'autres occasions et c'est ce que nous avons fait.

Maintenant, après cette expérience incroyable, j'étais plus calme, je pouvais mieux réfléchir et j'ai définitivement décidé que j'avais pris une excellente décision, après avoir réalisé mes fantasmes.

Avec cette expérience, je me suis en quelque sorte permis de mieux planifier les choses et petit à petit j'ai commencé à accepter les invitations qui me venaient d'étrangers.

Avec un contrôle total, j'ai décidé qui oui et qui non.

donc commencé à accepter les invitations uniquement d'hommes plus âgés.

Le moment est venu où j'ai pensé que j'étais non seulement devenue une vraie pute infidèle et mangeuse, mais j'ai bien compris que j'étais en réalité une nymphomane.

J'avais de plus en plus besoin de la bite d'un inconnu. Le moment est venu où je baisais presque quotidiennement, c'était hors de tout fantasme que j'avais jamais eu.

Cependant, j'ai commencé à m'inquiéter sérieusement lorsque j'ai commencé à ressentir le besoin non pas d'une seule bite, mais de deux, ou trois si possible.

donc commencé à espacer les rendez-vous avec de simples inconnus et je me suis chargé de solliciter des partenaires, même s'ils ne se connaissaient pas.

Mon annonce disait quelque chose comme ceci :

Jeune femme mariée insatisfaite disponible, recherche deux messieurs d'âge mûr.

Pour ma grande surprise. Les réponses sont arrivées par centaines presque dès le jour de l'annonce.

donc chargé de choisir parmi les candidats.

J'ai été extrêmement excité par les profils de deux hommes mûrs déjà plus âgés, ils disaient qu'ils avaient entre 70 et 75 ans mais très bien dotés ouf.

J'ai immédiatement répondu et nous nous sommes rencontrés pour notre premier rendez-vous.

Inutile de dire que c'était une expérience merveilleuse de baiser avec ce couple.

Ils m'ont donné de la bite pendant presque 4 heures, je les ai sucés tous les deux divinement, ils m'ont baisé et m'ont pris à leur goût et le mien bien sûr, le plus incroyable et le plus merveilleux a été quand ils m'ont donné par devant et par derrière au en même temps.

Ce fut une expérience incroyable, que nous avons bien sûr répétée à plusieurs reprises.

C'est ainsi que s'est déroulée ma vie sexuelle excitante entre paires de bites, que j'ai appréciée d'une manière incroyable. J'adorais l' idée d'être devenue une pute nymphomane infidèle.

Cette simple pensée m'excitait énormément, mais je ne me masturbais plus, je décrochais simplement le téléphone. et prêt!!!

FIN

www.ingramcontent.com/pod-product-compliance
Lightning Source LLC
Chambersburg PA
CBHW060454160726
47992CB00003B/1210